TEMPO CURVO A KREMS

Claudio Magris

克雷姆斯的弯曲时间

[意] 克劳迪奥 · 马格里斯——著

陈英——译

上海译文出版社

目　录

门 房

他从公共汽车上下来，脚有些迟疑地踩到地上，然后才松开紧抓着的扶手。他一松手，车门就关上了。清晨的金属扶手很光滑，凉凉的，还没有被乘客汗津津的手捂热，摸上去很舒服。为了让那种感觉多停留几秒，他下车时慢吞吞的，并不是因为他行动不便。他用狐疑的目光四处看了看，还是无法摆脱那个愚蠢的念头：儿子儿媳可能会跟踪他。再说了，他们这时都正忙着呢，又或者，他们已经知道了他的行踪。无论如何，他不希望有任何人注意到他。这条路一直通往海边，远处的海面呈沥青色，他眨了眨眼睛，就像咪兹马兹，他坐在书房沙发上时，这只猫卧在他的膝盖上，也会眨一眨眼睛，仰起脸来看着桌子上的台灯。

他不喜欢直通海边的那些路，路尽头是大海浩瀚的光芒；他更喜欢城里与滨海路平行的那些街道，两边都是房子，要阴凉一些，夜晚也会早些降临。他第一次从喀斯特高原看到这座城市时，就觉得它太靠海了，城市旁就是大片海水。的里雅斯特人应该很了解他的心思，他们修建了一些与大海平行的道路网，可以让他的目光躲过海湾和辽阔的大海；这座城市里有很多人来自内陆，比如他来自摩拉维亚，那已经是很久之前的事了。

面朝大海时，他的脸上会堆起一个尴尬的微笑，上嘴唇会不由自主翘起来，露出牙齿。这让他有点儿像罗尔——他们家养了多年的斗牛犬，两个小孙子也觉得他和斗牛犬越来越像了。路尽头的大海在他眼里越来越辽阔，有时候他觉得，海水会一直漫上来，发出轰隆隆的声音，像是来自远方，是黑色深渊掀起白色巨浪时发出的声响。

有时他像在玩游戏，出门之前，他会在脑子里盘算好要走的路，尽可能避免看到无边无际的蔚蓝的海面。他会想象眼前是一个棋盘，要向前走，在合适的时机转弯，往旁边跨一步，像马一样走“L”字。这种进攻的策略，他在管理第一家公司时就已经掌握了，基本上是以退为进，大胆的行动也为采取防卫提供了可能。除此之外，老年就是以进为退：进入到一个未知领域，只是为了摆脱那种四面临敌、尖刻粗暴的现实。他的几家公司利润逐年丰厚，这也是一道堤坝，可以应对人世的艰难。他从哈努绍维采来到的里雅斯特，赚的第一笔钱也起到这个作用。他出来闯荡，有时搭车，有时步行，四处打些零工，就是为了有口饭吃，有个地方睡觉。他来到的里雅斯特，很快挣到了一大笔钱，他对股票很敏锐，胆大而心细，成了两三家公司的总裁。他后来成了家，顺理成章有了儿孙。世界的洪流向他涌来，从来都不是空手而来，但他逐渐感觉到，他需要抵挡这些洪流，如果可能的话，他想改变水流的方向，修建堤坝，来抵挡生活前进的脚步。他逐步卖掉了几家公司，那些公司规模很大，但还可以控制。这就像他不再上船，只是解开缆绳，任凭船随波逐流。几个月前，货运公司那栋小楼还属于他，那曾经也是一道给他保证的堤坝。

“您可以吩咐我，但不能指使任何下属，包括打扫卫生的女人。”杜勒先生这么告诫他。镜片后，他那双小眼睛看起来很严厉，有点儿邪恶。货运公司的所有权转让给了一家瑞士公司，杜勒先生是新总裁，他成了名誉总裁。他可以坐在沙发上看报纸，但不能插手人员管理。“您有什么事儿可以直接跟我说，我很高兴听您指挥。但拜托您，千万别指使我们的员工做什么。您有什么要求，我会尽量办到……”杜勒先生脸上挂着善解人意的微笑，他很高兴自己三言两语就杜绝了可能出现的干涉。

太阳已经升得很高了，街上的行人越来越多。在鸽子咕咕的叫声中夹杂着海鸥的尖叫，他抬起头，有那么一刹那，他的视线和一只海鸥凶恶的目光交织在一起。城里的海鸥越来越多了，它们从海岸的礁石上一跃而起，飞到城市的街道和房子中间，飞到花园里，有时候会在垃圾里找吃的。杜勒先生真是个白痴，以为他去办公室是为了发号施令。他继续去办公室，那是出于多年的习惯；就像他给威尔第剧院的月票续费，并不是因为他对戏剧兴趣浓厚，他其实觉得那些戏都差不多；就像他一直都觉得刷牙没什么用，消耗了那么多牙膏，牙医还是会赚很多钱，可他还是一直坚持刷牙。

有些事不容置疑，假如人们不再刷牙，不再去剧院，整个社会可能会一落千丈。他在社会上活得挺好的，虽然他并不爱这个社会，这一点可以肯定，但他尊重这个社会，因为一切都井井有条，有债券、股票、红利、婚姻、剧院和牙刷。一切都有用，可以让人远离别的东西，比如大海。大海就在股市大楼后面，无边无际，扬起白色的浪花；但在股市大楼，在新古典主义风格的柱子和三角楣下面，不会看到或听到大海，四处都很安宁。重复是好事，所以儿媳琪亚拉错了，她不应该总是想着更换窗帘或吊灯，一旦开始改变，后面就很难预料了。

您可以吩咐我。那个瑞士人真是白痴。从那天以后，他就再也没踏进过那间老办公室，也没跟那个瑞士人说什么。说了他也不懂。如果有什么他特别讨厌做的事，那就是指使别人。他从哈努绍维采来到的里雅斯特，当时不用跨越任何边境，因为那还是哈布斯堡帝国时期——有一天，这个帝国消失了，这真是令人难以想象。他晚上会在摩拉维亚人的农场里停留，问他们有没有什么活儿要干，他们会让他砍柴，或者去捡一些干叶子，会给他一把锯子或一把斧头，他脱下外套就开始干活。木头掉在地上，发出沉闷的声音，木屑四溅，即使在冬天，也散发出好闻的气息，他身上只穿着衬衣，但感觉不到冷。最后，他们给他几个小钱，他会继续赶路，那时候，世界又大又美。

有时，晚上他会睡在干草房，他总是马上就睡着了。他一直都很爱睡觉，生命其实很公道，有三分之一都会在睡眠中流逝，用一小时香甜的睡眠来补偿两个小时的辛劳和误解，这也是一个不错的交易。每逢赶路的时候，他都会早早起床，黑暗让睡眠带来的幸福感得以延续。他从干草房里出来，外面的草木还很冰冷，出门前，他会喝一颗生鸡蛋，然后把包袱扛在肩上开始赶路。他脑子里会响起摩拉维亚磨刀匠和鞋匠唱的歌——德语歌谣。德国人很顺从，唱歌和说遵命，其实是一回事儿。

后来，他很难不指使别人，因为他把买来的五金公司扩大了，又买了一家建筑公司，还有一家货运公司。他开了子公司，任命经理和部门主管，他的生意越做越大，投资的领域越来越广。在这种情况下，凭着灵敏和狡黠，他还是成功了。起初，他只是四处打听要买什么股票，抛售什么股票，哪些投资有风险。他倾听别人的意见，那些在世界上混迹了很久、经验丰富的人，然后他会绕个圈子，让人以为那是他的想法。他们会做预测，提前掌握市场动态，少数获取这些信息的人都很满意。同样，在一些较大的场合，在他的公司管理者和顾问面前，也是同样的情况，只需要一点点演技，尤其是用一种让人不易察觉的坚决、权威的语气：其实在很多时候，是他们让他采取了那些决定和措施，他最后只是用一种强硬的、不容置疑的语气说出来。他们并没有发现这一点，都对他充满关注和敬意——他们的神色中透露出些许紧张——他们不说别的，都等着他做最后的决定。下令，即使是干巴巴地下令，那也是可以让你躲开四处拥来、搜寻你的恶犬的唯一方式——明里暗里的攻击，各种各样的要求，有时是善意的，很多人都在提要求，邀请，写信，打电话，赠予和索取，寻求帮助，赞美或抗议，不得不出席的晚宴或展览，项目和提案，生日和周年纪念日，葬礼和婚礼，不得不参加的聚会，应该支持的英明之举——所有这些，都是为了防止独自一人在街上闲逛，或坐在一张长椅上发呆，胡思乱想。发号施令是长话短说的一种方式，也是剪断乱麻、结束斗争、保持安宁的办法。即使是这样，发号施令也不是一件惬意的事，但他早早就学会了自我防卫的技巧，这也不错。

一条法则如果有效，就会一直有效。生活中没有例外，生活法则对所有人都适用，就像重力法则一样。婚姻生活差不多也是这样。在家里，一直都是安娜决定着一切，他很幸福。安娜很美，黑色的眼睛和夏日里晒得黝黑的肩膀很漂亮，当妻子转身看着他，抬起头给他一个吻，那是不容置疑的。他一直都顺从妻子的意思，无论是在餐桌前还是在床上，有些游戏其实是他想出来强加给妻子的，但她没察觉，她一直都是一个全心全意的妻子。她支配着丈夫，那样专横：搬家、去别墅度假、一日三餐、孩子的学校都是她决定的，她确信是自己掌控着这一切，没有参考他的意见。安娜已经去世很久了，在她去世之后，一切都变得模糊，他清楚记得他们的爱情，包括很多很小的细节，但那好像不是发生在他身上，而是可以发生在任何人身上的事情。那时候，晚上回到家里，感觉多么惬意，经过那些股东大会或者公司管理会议，有时候他是从家附近的广场回去，有时候是从遥远的城市回家，他终于可以听从妻子的吩咐了。他一整天都在外面，可能要参与残酷的斗争，要大声咆哮，让别人服从他，要说服他们那是最好的选择，唯一的选择，也是他们认同的选择。有时候，如果实在有必要，他会狠狠拍桌子，但这种情况很少见。令他惊讶的是，他听到自己干巴巴地给别人下命令时，越来越觉得尴尬，但更令他惊讶的是，其他人听凭他安排，丝毫没有觉察他的尴尬。

但在家里……换不换衣服，什么时候开饭，或在下个星期请贝纳兹和塞格梅耶家来吃晚饭，这些都不用他决定。他学会了被动接受，而不必采取任何行动。有时安娜会无缘无故发火，用的里雅斯特方言，出乎意料地叫他闭嘴，那是因为她心情糟糕，他特别不喜欢妻子这样发泄。他觉得烦躁和痛苦都没有必要，那是灵魂反酸的时刻，需要用教养压制下去。她喜欢得理不饶人，不管丈夫是不是真的错怪她了，她都会急着和他争辩，想获得他的理解；但他不会生气，他会在自己和妻子的这些怒火之间，放置一道柔软但无法穿透的毯子。

安娜，他可以说，是的，他深爱这个女人，虽然他不清楚爱的含义。当他想着安娜时，他说不清楚他的心是在收缩还是在扩张。在他的记忆里，有时他会渴望安娜的身体，喜欢吻她的双脚。她在上面时，长发会垂到肩膀上，在他眼前晃动，这是她喜欢的姿势。尽管如此，他也不能说他思念安娜。自己之外的人——即使是最爱的人——也总是太多了，会让事情变得复杂。

但那栋房子，他抽烟的阳台，都是安娜的杰作。在长久的远航之后，能够回到岸边品味荷花，是多么甜美。大海的喧嚣沉寂了，平息之后，他沉沉入睡。很短暂的睡眠，这是战士暂时的休息，之后在办公室他会接着发号施令，他会突破困难，或像翻一只手套一样把困难翻转过来，让它变成机会，他几乎总会成功。

不，之前管理会议上的争辩，有时彬彬有礼，有时很尖锐，还有假装的争吵，从来都不让人舒适。现在，他在门房的小办公室里找到了安宁，就像在家里吃午饭的时光，还有可以温暖一整天的短暂休息。透过小窗口，他向进进出出经过门房的住户打招呼，他会去取报纸，他的目光掠过报纸上的一行行字，就像掠过的微风扬起一道道波纹；他其实并不关注报上的消息，那些字会消失，被一道道波浪吞没。他把报纸放在一边，半闭着眼睛，阳光从窗口照进来时，他也不会起身把帘子拉上。一切都向前奔跑，会改变颜色，会遗失消散，又回到他的眼皮子底下，那些熟悉的面孔很快会变成别人，他也说不上都是谁。他想和他们聊一聊，但他们很快就消失了，就像那些慵懒而无情的时光。他总觉得自己脸上挂着的那副微笑，上唇翘起，露着牙齿，很神经质。

他在博尔戈·特雷西亚诺那条老街的街角拐弯，他已经快到了。一只狗抬起腿对着墙撒尿，一道液体弯弯曲曲地流下来，消失在石缝里，他喜欢那种有些发黄的颜色。安娜去世之后，他要重新记住那些命令，还有家里的禁令。比如儿媳琪亚拉不允许咪兹马兹跳上沙发，因为它会把沙发抓坏，猫毛粘得到处都是。推行这个禁令要花费一番心思，暗地里琢磨很长时间，最后她成功了，但还得严格监视。在家里，大家都很爱他，他也爱他们。琪亚拉落在他脸上的吻，让他想起了摩拉维亚树林中的清晨，骄阳初开，微风缓缓吹拂着脸庞。儿子马可很乐意和他商量遇到的事儿，女儿宝拉在苏黎世生活，也经常给他写信打电话，两个孙子也会问他很多问题。

他很高兴，尽管他更喜欢倾听，而不是说话；当他们问起第一次世界大战前的摩拉维亚，他觉得好像有很多事可以讲，但话到了嘴边，忽然就消失了。他假装失去了头绪，在这个年纪，他有这个权利，他们也就不再多问了。他很爱两个孙子，但哈努绍维采的锯木厂散发的木头和树脂的香气，以及新酿出来的 burčák① 葡萄酒，更让他觉得亲近。无论如何，家里的房子很大，他可以一个人待着，不去打扰其他人，他可以和儿子、儿媳、孙子相安无事地生活在一起。

家人也不会打扰他，不会用过分的关心束缚他，让

---

① 捷克特色饮料，由白葡萄发酵而成，在秋季短暂上市。

他像其他老年人那样成为哪儿都去不了的囚徒。没人问过他为什么这段时间总是那么早出门，在外面待那么长时间，也许他们想到老年人都爱早起。甚至他中午不回来吃饭，他们也没说什么。其实，他可以回家吃午饭，工会现在进步了，他中午有两个小时的休息时间。他总是打电话说他有事儿，或者说有人请他吃饭，他们也就不再多问。当然了，也许他们已经知道了，这太有可能了，但他们假装什么也不知道，这样最好不过。他应该先搞清楚他们到底有没有发现，这样他才好调整策略。他想在不暴露自己的情况下，搞清楚他们到底知道什么。如果他发现家人已经知道了，但听之任之，那他就会利用这一点，晚上也不回家，但星期六和星期天会回去，免得太夸张了。门房那个房间很小，但也够用了，在那里面醒来应该是一件很美的事。一个人醒来，而公寓里那些房客还在沉睡，大门还关着，他能听到清晨街上最初的声音，这是他在家里听不到的。他住在五楼的房间里，对着一个院子，那里几乎一直都是空荡荡的，没有人。但一从门房或大门里走出来，就能听到街上的各种声音，人们进入咖啡馆时打招呼的声音——早上好，今天一大早就这么热了，皮耶罗，请给我来一杯Spritz[①]。一切都在动，不仅是刚刚开走的汽车或云彩——他尤其喜欢黄昏时的云彩，像被风撕裂的红色旗帜——但最重要的是：在门房或在咖啡馆，一切都好像停了下来。而与此同时，所有那些移动着，动身前往这个宇宙和世界的某个地方的，是其他人，其他事物，飞机在天空留下的痕迹，一切都有条不紊。

他加快了步伐。快迟到了，那些房客可能已经开始抗议收发室和大门没按时开。但他还是按时到达了，那是一栋五层楼高的房子，不怎么漂亮，风格呆板，应该是四十年代修建的。他买下这栋房子时，已经不亲自负责房地产公司的业务，负责管理这个小区的人叫雷佩蒂。他看着那张脸，想记起是不是之前见过，但他一点

① 意大利国民开胃酒，是一种以白葡萄酒做基酒的鸡尾酒。

儿也没有印象，可能他从来没见过。

他打开大门，把钥匙放进口袋，又拿出另一把钥匙，打开收发室的门。“早上好，工程师。”他对一个正要出门的男人打招呼，那人漫不经心地回应了他。过一会儿，韦博太太就要带着她那两条狗下楼，需要特别小心，不能让狗从楼梯上跑下来，在楼梯间撒尿，否则其他人都会说他。这位太太真的很没礼貌，根本不愿搭理门房。然后，还要把四楼律师的包裹送过去，那是快递员昨天傍晚送来的，那时事务所的门已经关了，快递员就把包裹交给他，他在收据上签了字。

他看到信箱上“尼格里斯”的牌子有些歪，这不是他的职责，但他还是拿了把螺丝刀，耐心固定好。门口来了一个塞内加尔小贩，卖太阳镜和打火机，他买了一副，问那小贩有没有家人，又问了他塞内加尔的一些事，但不允许他进楼，这是规矩。

电梯门上的油漆大部分都脱落了，看起来很不得体。他不确定自己有没有这个权利，但他决定给物业写信，催促他们重新漆一下。另外他想顺便提醒物业，三楼的住户又抱怨楼上的人深夜太吵闹，聚会时音乐声太大。

他拿过纸开始写信。可能雷佩蒂会看这封信，不知道他什么时候才能觉察他就是这栋楼的业主——或者说他假装没觉察——他一直没把门房的名字和那个从不露脸的房地产公司老板联系在一起。其他公司都被他卖掉了，这是他唯一保留的公司。这栋楼归他的房地产公司管理，公司现在还属于他——朱塞佩·德拉·圭尔恰。他以前的名字是约瑟夫·艾希霍泽，他是卡尔的儿子，他父亲在哈努绍维采给马钉掌，他不知道自己的祖父是谁。他是几家公司的老板，尽管现在他已经说不上来是哪些公司了。

也许，雷佩蒂和他儿子儿媳一样，已经知道了，这也不错。可能他们聘他做门房，是因为他们马上就明白了他是这里的老板。两三个月前，他偶然听说这栋楼需要门房，但一直都没有找到合适的人，便发了申请。他去了一个专门的管理处，在短暂的面试之后，他被聘上了。实际上，他还不算太老，他脑子很清醒，身体还算硬朗。现在已经找不到人，尤其是年轻人，来做门房了，所以找一个年纪大的人来做，这也没什么好奇怪的。尽管聘用他有可能是因为他们知道，他是这栋楼的主人——其实这也不是那么显而易见，因为负责日常事务的办公室和上层管理者的会议厅之间，还是有很长一段距离——这样更好。他打定主意，如果他们拒绝他的申请，他可能要借用自己的权威施压，会强迫他们把这份工作给他，让他来提供服务，完成那些任务。

他写完了那封信，把信投在了房子前面的信箱里，就在马路那边。不知道由谁来决定多久给电梯门刷一次油漆，其实那也花不了多少钱，并不需要上层决定。无论如何，这次不是由他来决定，尽管最后掏钱的人是他。他每天离原来的自己越来越远，那个抽象的自己，有时候他觉得，那只是一个和他同名的人，每天还继续在办公室里，很机械地给一些公文签字，给为他工作的人签那些重要文件。他逐渐把原来的那个人从他身上排挤出去了，就像脱下一件礼服挂在衣柜里。这就是老去的过程吗？他感觉老去的是另一个人，那个人把很多年月和很多事物都扛在肩上，就像一个衣架，上面挂的东西越来越多，而他自己却变得越来越轻松自如。

自从他不用发号施令，一切又变得轻松、容易。那样的状况持续了很久，很辛苦，无穷无尽的一年又一年，可能自他来到这座城市的第一天，把摩拉维亚和森林抛在身后时就开始了。后来，忽然间，那种需求消失了，世界变成了一个彩色气球，不再那么沉重，任何时候都可以随它去。这是最近才有的，这几个月，也许一年，也许更长时间，很难说是从什么时候开始的，不过这不重要。他已经不在意时间了，有时候，他会把月份和星期搞混，就像有些早晨，由于一晚上没怎么睡好，醒来后不知道自己睡了几分钟，还是几个小时。

他说不上来具体是从什么时候开始的，但他知道他对发号施令、对成功的渴望已经结束了。在哈努绍维采，有些夜晚，天空看起来很遥远，静谧的草丛变得漆黑，世界忽然变得巨大而冰冷，他可以把脸藏在妈妈肩膀上哭泣。在城里，一艘艘船开进海港，在那些庄严的楼房之间，不能随便哭泣。一个迷失的孩子惊慌失措，要把在喉咙里哽咽的那一团委屈咽下去，面对这艰难的人世。他只能抬高声音，表现得比其他人更强硬，就像在游乐园开碰碰车，刚开始有些吓人，但坐在方向盘前，你只能狠狠撞击那些靠近的车子，把它们撞出跑道。他内心深处的迷失感一直都在那里，但支票本是一件好盔甲，晚礼服也一样，扣眼那里的标识和考究的做工，让它成为一件虽然沉重但很保险的盔甲。

后来，一天早晨，当他起床时，发现埋藏在心底的惊慌消失了，就像深藏在树冠里的一只鸟儿飞走了。也许它飞到了别人的肩头，那些人虽然不是很明白，但仍然要签署重要的决议。他忽然一下子变得轻松了，只是对一些事感到好奇，并不会被它们纠缠。他把这些年收集的石头从口袋里掏了出来，跑向了草地，就像在哈努绍维采，没有恐惧，也不需要任何东西。现在，世界这条狗已经咬不到他了，而是和他一起奔跑，一起玩耍。

他从大门进去，这是闷热的一天，但过道里很清凉，进入过道，就像闯过一道瀑布，进入到另一边。楼梯间的宁静让外面的世界也沉寂下来，过了一会儿，仿佛什么也听不见了，包括儿子儿媳，甚至孙子的声音也远去、消失了。

大榕树的树荫落在台阶上，像密林一样深幽。一只猫在他脚边磨蹭，谁知道它是怎么进来的，他轻轻把猫推了出去，因为按照规定，不能收容流浪猫。在太阳的照耀下，窗台上的天竺葵正开得热闹，让院子增色不少，就连信箱上的名字也熠熠生辉。过一会儿，邮差就该来了，会抱怨表弟一直赖在家里不走。他把一本书放在一个抽屉里，从另一个抽屉里拿出一张他结婚那天拍的照片，还有哈努绍维采的两张老明信片。邮差来了，他出去迎接。太阳这时已经移开了，没有照在天竺葵上，而是照在窗玻璃上，又反射到对面的墙上，像一道剑光。微风吹动着虚掩的窗子，在对面墙上，可以看到刀光剑影劈来砍去。

“今天晚上有雨。”邮差说，“这么早，天就这么闷热了，海上已经起了大风。您看嘛，等一下就会把热气都刮走，这场雨太及时了。”他面带微笑听着，上唇微微翘起来，露出了牙齿。

音乐课

音乐老师停下脚步，远远看了一眼那栋别墅。他已经快走到了。他有些气喘，那只是一个小坡，其实不应该那么吃力。最近一段时间，他无意中养成了这个习惯，就是在不必要时也会喘。这是他的身体忽然产生的怪癖，就像有些老年人的任性和一意孤行，是愤世嫉俗、对现实不满的表现，好像为了找回某种平衡。他已经看到栅栏门了，铸铁栅栏上的漩涡造型交织在一起，形成了一个个圆环，客厅阳台四周围绕着攀援植物，维拉尔蒂可能这时已经在客厅里等着他了。准确来说，是音乐家维拉尔蒂，现在，“音乐家”这个称呼更适合维拉尔蒂，而不是他——萨尔曼·梅尔斯坦恩。是的，他是音乐学院备受尊敬的老师，但也只是一个老师。

这条路他坐车走过很多次。以前夫人总是让司机去接他，那辆黑色大汽车沿着盘山路开上来，一直开进花园。别墅位于半山腰，山下就是无边无际的大海。仆人陪他到客厅，学生会伸出一只柔软的、潮乎乎的手和他握一下。仆人端着咖啡回来时，夫人会一起过来和他寒暄两分钟，会谈到自己的丈夫，那是一位早已过世的参议员，夫人还会谈到他们家的土地——弗留利乡下的房子和土地，说城里这栋别墅和那里真没法比。最后夫人会走开，让他给儿子上课。男孩拿起小提琴开始拉，萨尔曼侧耳倾听，眼睛半闭着，如果有几个断奏拉得好，他会点头示意。有时他听到熟悉的演奏方式，像闪电一样忽然冒出来，出现又消失，很特别，让人震撼。那是众多他听过的音符，这些音符触动着他的神经，让他感到一阵阵痛楚。最后他会开口纠正一些错误，会教给学生他当时想起的弓法：一个激烈的颤音，或一个舒缓的音色。那是他离开波兰之前听过的，是一个叫约瑟利的艺人在小餐馆的院子里演奏的曲子。他觉得自己像犹太儿童宗教学校的老师，野心勃勃，不只是想教学生写字，也想要让他们有创造精神，写出有诗意的句子。他写出句子前半部分，让他们写后面的部分："耶和华必将击溃以色列的敌人，就像秋风扫……落叶……"同样，他会拿起小提琴拉一首曲子的开头，让学生接下去，他再进行修改。学生会听他指导，但不看他的眼睛。上完课，车子会把他送回家，每月一次，夫人的秘书会交给他一个信封。

那时候，他已经回的里雅斯特好几年了，战争和犹太人大屠杀已经结束了。他父亲再也不想迈进意大利一步，他永远不会原谅意大利对他的背叛。萨尔曼还记得父亲第一次来的里雅斯特时的情形，在全家都搬到这里差不多一年之后。他出生在波兰的比乌戈拉伊，对于一个犹太人来说，那里的日子很艰难，尤其是在刚刚诞生的波兰共和国，日子比在刚刚消失的哈布斯堡帝国还要艰难。他隐约记得自己遭受的羞辱、嘲笑和内心的恐惧。他父亲是正统犹太人，无论是服装还是饮食都遵从犹太传统，他只会说意第绪语，在三十年代初，他在的里雅斯特开了一家子公司，于是全家人都搬到了这里。意大利是法西斯执政，那时还不反犹太人，尤其是在的里雅斯特，当地犹太社团有着很深的爱国、拥护民族自由的传统。这座城市对斯拉夫人不客气，但对犹太人很友好。市长萨雷姆是犹太社团要人，受到所有人爱戴，也受到当局的器重。他们家在这个城市顺顺当当安置下来了，小萨尔曼成为了法西斯少年先锋队队员。一年之后，父亲也过来和他们团聚，家里的状况让他喜出望外，他觉得终于可以过几天顺心日子了，尤其是儿子的黑色制服让他很自豪——对一个生活在波兰的男孩子来说，这是无法想象的事儿。父亲依然穿着他的旧袍子，但上街时强迫儿子穿制服，尽量找机会偶遇法西斯官员。如果碰巧遇上一个，他会拉着儿子的手臂说："傻瓜，赶紧抬起胳膊，行礼!"① 然后满意地补充一句："莫亚斯卡莱会照顾我们的。"他把墨索里尼叫做"莫亚

① 原文为意第绪语。

斯卡莱”。

父亲也搬到了的里雅斯特，那是出于对莫亚斯卡莱—墨索里尼的爱，但后来他们不得不逃离这里，因为意大利也颁布了种族法。从那时起，他觉得在有些时候，人生就是一个误会，就像把墨索里尼当成“莫亚斯卡莱”。他从波兰比乌戈拉伊来到的里雅斯特，又去了巴勒斯坦和美国，最后又重新回到了的里雅斯特。到底是什么让他回到这个被历史遗忘的城市、旧欧洲的最后一片沙滩呢？傻瓜，赶紧抬起胳膊，行礼！

他接着向上爬，脚下是大海，一种绝对的存在，最后的出口。他来自陆地，对大海一直怀有一种古老的畏惧。他孩提时到了的里雅斯特，那是他第一次看到大海，看到蔚蓝大海上的落日。从那时起，大海——亚得里亚海尽头的那个海湾，对于他来说都是日落之处，海洋的寂寞，西方和西方世界，都会让他想起那个日落的场景。他的中欧是由平原、山脉、房屋组成的，还有那些有遮挡的地方，那些便宜的旅馆，可以在水池里洗脸洗手，他的中欧结束于水开始的地方——任何水流，任何大海。在他一生中，他尝试把这些感情用音符写出来——他只试过一次——用他熟悉的语言表达出来。他精通音乐的语言，在音乐学院里，他把这语言教给一代又一代的学生。他能听见那段音乐，就像塞壬的低吟，用温柔的调子唱出西方，但他最后什么也没写出来。一个出生在比乌戈拉伊的犹太人并不适合琢磨塞壬。这个很久之前的学生，这些年他的音乐会声名鹊起，不知道他能不能创作出一首曲子，揭示那种召唤和排斥，关于这最边缘的海岸，表现出那种把目光从西方海面上移开的渴望，望向身后，望向他祖先居住的熟悉而又混乱的东方，望向另一个欧洲。他从来都没和学生说起过他的想法，他还没坦荡到这个地步，告诉别人那种折磨人心的渴望。此外，他觉得这个野心勃勃、想法颇多的学生不一定能听懂他的意思。除此之外，这么多年以来，他们没太多交谈的机会，因为除了在本地演出，这位得意门生已经成了扬名半个欧洲的小提琴手，成了“大师”。

他来到栅栏门前，一个仆人马上把他带到了客厅里。客厅几乎还是老样子，只是夫人——学生的母亲——已经去世，一个人的死亡对于现实只是个小小的擦伤，就像萨尔曼非常熟悉的，他属于那个死去上百万人也不会改变方向的民族。维拉尔蒂过来迎接他，态度谦卑而恭敬。在那张发福的脸上，眼睛显得更小了，就像两道缝隙，灵活而激动。学生很关切地问到了他的健康，又问了音乐学院的食宿。他们的谈话还在继续，很客气，他们泛泛地谈了半个小时。在阳台外面，铁灰色的大海似乎一动不动。

“老师，我想给您看一样东西。”维拉尔蒂说，他的脸有些不安地向前探了过来，几乎都要挨着他了，那种亲近让萨尔曼有一种难以名状的感觉，甚至有些羞耻。虽然他们几代人都生活在犹太人聚居区，习惯了那种混杂拥挤的生活，但他还是有些不适。“拉小提琴很美妙，当然了，这是独一无二的艺术。因为您的栽培，谦虚一点，我可以说……但经过这么多年，这么多场音乐会，演奏了那么多名曲，都是其他人的曲子，我想，也许……我产生了这个想法……是的，我想写一首曲子，回到那个调子，从某种程度上来说，是回到一个声音……当人们熟悉一位乐手……它产生于无调音乐革命……就好像回到了浪漫主义，就是催生现代不协调音乐的浪潮，后来它冲击着传统，包括浪漫主义本身……我说这些干什么呢？您比我更懂……假如您想要看一眼我写的，我会很荣幸……当然，这只是一个开头，一个草稿……”

维拉尔蒂很快转过身去，打开了一个抽屉，从里面拿出一沓稿纸，紧紧握在手里，送到了萨尔曼眼前。这让他想起了童年在波兰见过的一个犹太小裁缝。“有意思，很有意思。”萨尔曼接过那沓谱子扫了一眼，有些不确信地低声说。那上面有很多高音谱号、升 C 和降 B 从他手指尖滑过，他试图握紧那几页纸，一眼扫过去，纸上全是黑色的虫子，不知道是哪种蝴蝶的蛹，轻盈的翅膀上夜蝶的纹身。“这语言，看起来很强烈……我会仔细看看的，我懂您的意思。当然了，从这个开头来判断，那真是……”学生看着他，贪婪而不安的目光下是柔软而虚弱的嘴唇。“您仔细看了之后，再告诉我您的想法，或者是建议……”萨尔曼抬起目光，眼睛里还是刚才看到的音符，有那么一刹那，他和维拉尔蒂四目相对。他想马上把目光移开，免得对方看出他的心思，但他明白，大脑皮层传递出那个矛盾的指令已经太晚了，他来不及把目光掩藏在沉重的眼皮底下。就像气喘——他最近才有的习惯，反应迟缓也是一个年老的征兆。不，老年不是幸福，因为已经没什么真正严肃的事了。他们有几秒钟都没说话，最后，家里的主人退后了，他靠在了沙发背上。“看您方便，自然了，一点儿也不着急。您知道，我马上就要出门……无论如何，萨尔茨堡剧院的指挥正好在一个星期前……我想到了您可能会有兴趣，此外您会看到，上面有一段是 Kaddish①。这是向犹太人的悲剧致哀，这是欧洲的悲剧，您同胞的悲

① 犹太教徒在每日祈祷时吟诵的祈祷文。

剧……”

“啊，当然了，这真是……”萨尔曼站了起来，“非常感谢，感谢您的信任。那几个星期后……”“当然了，很好，我再重复一遍，一点儿也不着急，当我从纽约，从这次美国巡演回来之后，我们再说。如果您允许的话，现在我让人开车送您回去。”

萨尔曼几乎躺在了车上，他看着景色快速消失在身后。他想，在那一眼之后，这栋别墅、客厅和阳台也永远抛在身后了。他再次想到学生洞穿一切的目光，他在想，那种垂下眼帘不让别人看清心绪的习惯有什么用，在那个关键的时刻，因为反应太慢，他不得不打开眼帘，让别人一览无余地看清眼底的秘密。天忽然下起雨来，他有些气恼地关上了车窗。一览无余？他发现他裤子前面的扣子像往常一样没扣上，他仔细把那两颗扣子扣好。让别人看到内心世界，可能并没那么悲惨，没那么让人烦恼，这也不是什么致命的举动。他父亲死了，夫人也死了，还有很多其他人也死了，死去的方式更可怕，而他继续在音乐学院教书，吃饭，睡觉，交谈，甚至生活越来越自在了。难道那道尴尬的目光比老去，比对“莫亚斯卡莱”的信任和死亡更重要？那只是一道目光而已，没必要小题大做，变得可笑。他会仔细看那个乐谱，尽管他觉得似曾相识。可能会有一些让人愉快的发现，一些让人愉悦的高超段落，可能也包含着想象和激情，还有一些需要修订的部分。是的，他可能只需要真诚地说些赞美的话，说这首曲子很棒，这样会让他高兴，也许比作曲的人还要高兴。

克雷姆斯* 的弯曲时间

* Krems，奥地利东北部古城。

公元一一五三年，阿拉伯地理学家阿尔·易得里斯说，在他看来，克雷姆斯的辉煌和荣耀超过了维也纳。而如今，它更像一座当代的维内塔[①]——那座被海水淹没的城市，根据传说，在海底的阡陌中，还能看到穿着古装的人在游荡。如果有人忽然从巷子间的一道门里出来，在时光的暗影中，就仿佛挂毯上的人物闯入了世间。而在更加沉寂的迪恩施泰因，那里距离纪念克歇尔（据说莫扎特作品目录是他做的）的铭牌不远，药剂师看到了一位远方来客，顿时神采奕奕，他自豪地向来人展示了整间药店，并且炫耀这座城市过去的辉煌，随口贬低了一下克雷姆斯，让人听出瓦豪河谷的这两座城市

① Vineta，传说中的海底城市，位于波罗的海南部海岸。

的旧怨。

那天晚上发生在克雷姆斯的事，证实了因果关系可以逆转。人们在一家简朴的宾馆庆祝我那日短暂的荣耀——那里的葡萄酒很有名（那是马克西米利安皇帝赞美过的酒，但有人觉得它过于酸涩），所以被选作了场地。那天下午，我在克洛斯特新堡①——维也纳的“埃斯库里亚尔”——举行了一场关于卡夫卡的讲座，我是主讲人。克洛斯特新堡保存着圣利奥波德的圣骨，那是巴本堡的利奥波德三世公爵。这座修道院对于哈布斯堡王朝的查理六世表现出过多的悼念，在教堂的圆顶上，本该是十字架的地方，却是哈布斯堡王朝的王冠。

讲座一般都会成功，诀窍在于深入浅出，具体来说，就是通过一些风趣的陈述来揭示有深度的思想。总之，那次讲座很成功，和其他比较重要的研讨会一样，

---

① 克洛斯特新堡是维也纳北部小城，有“修道院之镇”的称号。下文“埃斯库里亚尔”是西班牙小镇，其大教堂是世界上最大最美的宗教建筑群之一。

会后，主办方会邀请主讲人吃晚饭，也会有一些崇拜者、朋友，还有这种场合不可或缺的人参加。他们带我去吃晚餐，不知道为什么，地点选在了克雷姆斯。那晚下了雪，空荡荡的老城愈发寂静沉闷，我们面对当下的那个夜晚，仿佛那已是过去的夜晚，像记忆一样无声无形。白色的雪似乎不是真实的，而是一种柔软虚无的存在，像一个遥远黯淡的影像。

我是晚宴的主角，几个人围着我说话，一位的里雅斯特太太不失时机地加入了谈话。她嫁给了一个奥地利人，在一百公里外的林茨住了很多年，她很高兴在异国他乡见到自己的同乡，认为自己有权和主讲人攀谈一下。这位太太后来对我说，她表妹和我是同学，经常和她说起我，说起我们的友谊。“她其实不是我表妹，她是嫁给了我表弟。我想想，她当姑娘时叫什么来着……我一时想不起来。等一下。她姓什么，就在嘴边呢，她叫……”

不幸的是，我从来都没有过女同学，班里全是男生，我是在男生班级的汗臭中长大的。我对她说，这一定是个误会，但她坚持回忆起那个名字。我一直很讨厌那些打着心理学旗号的瞎扯，当然也不喜欢一些装神弄鬼的东西。她还在思索那个姓氏，让我惊异的是，我用平静的语气简洁地说：“您说的是诺丽·S吧？但您记错了，我们不是同班同学。她一定不记得我，因为她不认识我，我们从来没说过话。”

我很吃惊，甚至比她更吃惊，自己竟然在那么多名字中说出了这个名字。她惊奇地加以确认，我却无暇去思考自己那种不容置疑的语气从何而来。眼前这个健谈的女人，她明显的谎言、毫无疑问的误会让我很享受，我更愿意相信她，而不是根据科学推理，拒绝这种不符合事实的断言。“是的，当然是她，不过您是怎么猜到的？诺丽，我说真的，她记得您，她经常说起……”

我谦虚了几句，态度明确，也很温和，但我流露出像溪水一样清澈的幸福。这件事假得太明显了，诺丽·S读高三时，我在读高二，她很美，遥不可及。她棕色的发卷在明媚的阳光下要显得浅一些，阳光会从高中教室开着或关不严的窗子洒进来，照在她的头发上。全校的男生都爱她，我们爱了她很多年，像卫兵一样忠诚而坚定。当她从走廊上经过时，旁若无人，若有所思。她让几百名新手明白，并永远记住那个景象：命运之外的东西写在她脸上，在她浅色的弯弯的眼睛里，比任何名垂千古的诗歌都更清楚。

对于一个十七岁的男孩来说，一个十八岁的迷人女孩比一位教授眼中的好莱坞天后更加遥不可及。通常我不会高估自己，也不会太低估自己，但事情一直是这样，我无法想象自己和诺丽之间的差距会缩短，我们之间的距离就像每个“稍息、立正”的卫兵和风中飘扬的旗帜之间的距离。在所有男生对诺丽的爱恋中，我们明白了爱神的普遍性，爱神是绝对、普遍和神圣的，展现在每个人眼前，就像内沃索山的林中空地和米霍拉什卡敞开的海面。在那份没有例外的公开爱情中，我们都是兄弟，就像同生死共患难的兄弟，一起面对光芒四射的未来，因为太年轻了，我们对未来一无所知。我只是羡慕一个同学，他叫斯特凡努蒂，当然他在诺丽心里也没有任何分量，他因为单相思而被大家熟知和嘲笑；可以说他是官方的“不幸情人”，是我们大家的代表。显然他有做代表的天分，后来他出现在一些大会的代表席上，职位虽没有代表诺丽的爱恋者那么重要，但仍然具有代表性。

我很羡慕他，嘲讽和舆论让他和诺丽在某种程度上有公开的关联，不管是被拒绝还是一厢情愿，他们总是有某种联系，但我和诺丽没有，就连一些负面的、间接的联系也没有。实际上，我认识她，但她不认识我，就像我知道美国总统长什么样子，他却不知道我一样。所以诺丽不可能跟这位太太说起我，因为她不知道我的存在，我们俩从来都没说过一句话，我不可能成为她句子中的宾语。毫无疑问，她的语言中即使没有我，也会像海鸥的飞翔一样和谐流畅。当时，这种具有讽刺意味的处境让我很享受。那位太太和我套近乎，因为她表弟的妻子和我很熟悉，她以为，我那晚上短暂的辉煌也可以让她脸上有光。但唯一的可能是——尽管没有任何根据——诺丽谈到我，对我来说是无上的荣耀，就像给我戴上了一顶奥林匹斯桂冠。

那位太太还在坚持自己的说法，说她所言全是真的。我对那位太太说，我很高兴，也很感激她善意的谎言。尽管我知道那是谎言，但我整个晚上都会很开心，那会像音乐一样萦绕在我耳边，激发我的想象，虽然我知道这一切都不是真的。

然而，克雷姆斯的这个夜晚于我而言只是一个讽刺而甜美的序曲，让我在不久后扳回一局。差不多一年后，在罗马，我和一个朋友谈起以前的高中同学时，他告诉我，几个星期前在海边度假时，他遇到了诺丽，说她提到了我，谈起了我的很多事。那时尽管已经很晚了，但我实在忍不住打通了岛上那家酒店的电话——他们就是在那里意外相遇，并在海滩上聊了一会儿。在等电话接通时，我意识到这通电话很奇怪，然后我听到一个女人的声音，我结结巴巴地说出了自己的名字，说几个月前在克雷姆斯，她表姐——那位太太告诉我……很冒昧……但我很快被电话另一头的声音打断，她热情地和我打招呼，开始和我寒暄，就好像我们是多年的老朋友一样。

所以，我就像斯韦沃笔下的那个老人？多年后的一个傍晚，他才和少年时遇到的女孩建立了联系，完成了记忆中的心愿。那是他在多年之前的一个夜晚隐约看到的女孩，或者说，半个世纪前，他其实并没有燃起爱火，因为在当时，生命的光芒被生活的焦虑所遮蔽？夏日的微风从电话旁边的窗子吹进来，那是来自无限空间的风，一切都同时存在，行星的公转和从很远的地方传来的恒星的光芒。也许，克雷姆斯附近的多瑙河就是环绕世界的海洋，水在流动，同时瞬间又回来，海岸一直倒映在大海的波浪中。

时间是因果关系的核心：原因产生结果，原因在结果之前出现，从一个结果出发，人们可以追溯到产生它的原因。因此，电话里那种亲切的语气，是过去相互认识和熟悉的结果，它修改了结果，回到过去，产生了几十年前不存在的东西。是的，时间是因果次序，但如果“原因”在时空中的传播速度一直低于光速，我心想，我努力回忆在学校学到的知识，还问了物理学家朋友，都没有得到理想的解释。狭义相对论可以肯定这一点：两个事件在低于或等于光速中运行，不能通过因果关系连接起来，不能以绝对的方式安置在时间中。

所以，我和诺丽住在林茨的表姐交谈、和她在电话里聊天是原因，还是结果？也许两者都有，这多混乱，多迷人——这是我和诺丽熟悉的原因，这种熟稔应该出现在四十年，不！差不多是六十年前，在克雷姆斯附近流淌的多瑙河水已经流入黑海了吗？为避免混乱，我们应该改革语法，将动词的其他时态去掉，只留下现在时。诺丽走在高中的走廊里，这就像巴门尼德的“存在”，这不是过去，也不是将来，只是一种现在？时间——灵魂的延伸，这是圣奥古斯丁说的。我的灵魂已经延伸开来，拥抱了我当时不在的时间？我更希望诺丽的灵魂拥抱了我——广阔心田上的一个点，一切都在里面，一切都说得通。

她的发丝，不知道为什么，在我的记忆中颜色更深一些。夜幕已经降临在海面上，没有月亮，但天空很明亮，地平线上还有一抹亮光；白色的浪花拍打在海岸上，向后退去，又回来，她就在那里，脸上是明媚的笑容和对世界的爱意。有一次，学校组织高中最后一年的学生去米拉马雷城堡参观那个著名的物理研究中心，它就建在迷人而媚俗的城堡公园里。一位缺乏远见的大公贸然从这里出发，成为了一个注定要走向死亡的皇帝①。“物理学的共形场论，也概括爱因斯坦的广义相对论。”这是学习之旅，聆听杰出科学家的讲座，也是

---

① 指马克西米利安一世（Maximiliano I，1832—1867），奥地利大公，1864 年在拿破仑三世的怂恿下，接受了墨西哥皇位，后被墨西哥军事法庭处决。

参观的一部分，校长说，“今天我们看到的几何实体，使人想到巴门尼德关于永恒的概念……”

那声音从许久以前传来，听起来富有磁性，流露着一丝得意。海风吹动一簇簇叶子，风穿过柏树和榉树，那是马克西米利安和夏洛特种在这座花园里的，圣人和死者的岛屿。倾听或者没倾听，声音散落在记忆的回声里，同学中有人时不时扔出一块石头，同心的涟漪在公园池塘里一点点扩大。那时声波已经把这些话传到礁石和树叶之间，城堡脚下有一座大理石狮身人面像，它望着神秘的大海。这些话通过耳道和耳膜，传递给听众理智而有教养的神经元突触。大家都很高兴能有那次机会，就像任何记忆深刻的讲座，那些话还在继续传播，传到城堡前幽暗的树林里——除了靠海的那边没有树，茂密的树林从三个方向环绕着那栋白色的忧伤城堡——还继续在传播。从那一刻起，一年年的时光，像从公园的中心喷泉向每个方向延伸出来的小路，在经历那么多年稠密的时光之后，到了我这里，回荡在我的心田里，荡起了波浪。今天，现在……这是什么意思？那个特别健谈的演讲者坚持说，今天和昨天，现在和明天，之前和之后，都只存在于脑子里。我们的脑子反复无常但很专制，决定把“之前”放在这里，“之后”放在那里。

因此，现在是何时？是永远，虽然有时只是一秒，白兔先生对爱丽丝说。奇境和镜子的另一面是任何地方，也是永远，没有开始也没有结束，没有另一面，没有任何另一秒。如果事情就像那个教授说的，不仅仅是动词时态，包括时间副词和介词都要被取缔。共形场论，几何体，“之前”和“之后”只存在于大脑中——在这个专横的头脑中，很麻烦，很混乱。

现在，现在的诺丽和我……她脸上明媚的微笑；清澈的流水，大海深处的云，透明的心。那些话延伸出来，环绕着大海，到达演讲者的肩头，地平线的直线变得弯曲，穹庐四合……假如在时空中，按照演讲者的说法，时间是一条曲线，而不是直线，在一个巨大的实体上，时间可能会是一条闭合的线，或者呈圆形。这样一切都会回到原处，我已经去过多瑙河的入海口，我正在这里，与此同时，我正随着流水追上它。

至少对于某些来自维也纳的人来说，克雷姆斯排在迪恩施泰因前面。一九一八年，有人从亚得里亚海滨的公共建筑上撤下了双头鹰标识，属于奥匈帝国的的里雅斯特成为意大利领土，一九八九年，柏林墙被推倒，而宇宙大爆炸发生在一百四十亿年前，有人这么说。一年意味着地球绕太阳公转一圈，一天是地球自转一圈。但当地球和太阳都不存在时，年月是什么？在那些不存在的年份里，能存在和发生什么事呢？无论如何，在一年年的时间里，战争起起落落——落在哪里？伤口还在，就像身上的纹身，在世界和每个人的皮下燃烧。地球仪很光滑，手轻轻触摸地球仪多彩而圆润的表面，在蓝色的水面之下，在那些遥远的岛屿，都是流血和腐烂。子午线像切开一个橙子那样，把地球切成一份份，船只切断那条线，就像切断了时间。有那么一刻——这是什么意思？不，不是一刻，是几分钟——船头在十一月二十五日，船尾在二十六日，是的，也可能正好相反。日期的分界线，一份爱向前，另一份退后——明白吗？这都是在时间里，否则还能在哪里？而如果爱情就像那条线，那条看不见、不存在的子午线，只是一种纯粹的共识呢？

每一条子午线都画出来一瓣，同样的子午线，同样的时间，在的里雅斯特、德累斯顿、罗弗敦群岛、罗安达、纳米比亚骷髅海岸国家公园。在南极和北极，每一瓣的顶端都会到达那里，世界上的所有时间都聚集在一起，阿蒙森[①]在几点首次到达南极点？时间并不会被废除，就像《启示录》中谈论未来时承诺或威胁的那样。未来——一个动词的时态，是所有可能的、共存的时间相互混合在一起，繁衍出更多时间；生命——或死亡——是让人眩晕的飞舞的尘埃？

时间，也就是死亡。一九九六年，V死了。一个可

① Roald Amundsen（1872—1928），挪威极地探险家，第一个到达南极点的人。

爱的小女孩，虽然已经不存在，但她依然是个小女孩，即使是多年的病魔折磨着她，改变了她的容颜，但没有影响到她不可触碰的尊严，这是她过去最迷人的地方，因此是永恒的。那个日子是生命的分水岭，不仅是她生命的分水岭，也是河上阻断水流的闸门。

V不在了，这意味着什么？人们会说莎士比亚不再是诗人，他只是曾经是，现在他已经不是了吗？他现在是诗人，永远都是诗人，这和他老化的动脉，还有其他毛病有什么关系呢？其他男人或女人，男女朋友——友谊，是爱情的另一种称呼，是一起走过的温暖而又冒险的旅程，爱是一种偶然，是永远，因此也是现在……有的男性朋友或者女性朋友不再和我一起走了，他们走上了另一条路，这条路通向别的地方，尽管大家都不知道这条路在哪里——也许他们落在了后面，也许他们在一个农庄里停了下来，喝几杯泰拉诺葡萄酒，过一会儿我往回走，或向前走，没准儿会遇到他们。假如有泰拉诺酒，还有生火腿，他们一定会在那里吃喝，途中有不止一家农场，在那里要比在这世上其他地方更惬意。假如之后——在什么之后？——还能有其他农场，而不是在云中吹着号角的天使，那也不错。可能在那里，我会大胆一些，因为年月不算什么——但之后在什么时候，年月会算数？一个笨拙的男孩可能会鼓起勇气……在罗马那晚之前，我从来都没真正和诺丽说过话，即便是在电话里。我真希望我当时有勇气和她说话，也许在另一边，我没那么害怕，在这些事情上，在真正重要的事情上，差不多都会害怕。我希望自己在这之前和她说过话，吻过她，吻她……

爱——存在的同义词，这是一个有缺陷的动词，永远只有现在时。特殊的保形变换——这不仅仅是那场讲座的结论，也几乎是米拉马雷城堡那个演讲者的顽固想法——将时空的点从有限投向无限，在整体中，彭罗斯（似乎是解释前因后果如何运作的另一个名人）将光锥定义为无限。在这个光锥中——他说，他说过，他会说——未来和过去的时间，严格等同于一个点，而且只是一个点。

这也许就是永生？另一个教区的教徒也这样说，他们宣称要展示一些人们看不见的东西，但他们不期望能像展示毕达哥拉斯定理那样展示出来，而那些教授对他们计算的对数、黑洞那么大胆自信……现在，卢卡①，大家最久远的共同祖先，曾曾曾祖父，变形菌，也可能不是变形菌，但无论如何，它是所有单细胞、多细胞生物最古老的祖先，是我们所有人，包括菌类和变形虫最古老的祖先。如果没人见过，那有什么关系呢？我们任何人都没见过上帝，说起来，连上帝最喜爱的圣约翰都没见过祂。甚至是恒星塌缩后的黑洞，也没人见过，我们甚至不能说曾经有一个恒星，然后有了黑洞，只是大脑需要在这里标一个“之前”，在那里标一个“之后”。米拉马雷城堡的教授宣称，如果不是因为大脑，即使“说到做到”，既没“之前”，也没“之后”，什么都没

---

① LUCA，即 last universal common ancestor。

有，宇宙尘埃不存在，那就像老年人得了飞蚊症，看到蚊子在空中晃动，但蚊子不存在。星星闪烁着白光，陷入一个黑洞，诺丽的头发过去是白色的，还是现在、将来是白色的？深褐色的吗？不是，她头发颜色没那么深，我们可以看看。他激动了，教授对“之前”和“之后”的问题耿耿于怀，他对海马体的力量感到满意。那个调皮的小海马体位于脑叶之间，在克罗诺斯、在时间身上，时间像被废黜的君主坐在宝座上，就仿佛坐在一把摇摇欲坠的椅子上。在所有我们不得不倾听的教授中，他是最讨人喜欢的教授之一——那个带着罗马涅口音的教授。我们像是新兵，军官激励我们投入到生命的战斗中去，抱歉，是献身于科学之中。

永生又是什么呢？是的，永生就是此时此地——让我印象深刻的是，我听说过也见过一个被称为“圣座”的人。他穿着白色衣服，总是显得不自在，有些笨拙，但他有勇气做自己，而不是上帝的代理人。他在写作，那个男人——那个基督的前一任继承者一直在写作。现在的永生，存在于现在，是当下，而不是死后一种想象的生活，不是昨天、今天和明天，还有日子的无限延续，有惩罚也有奖励——就像很多信徒相信的那样。这就是永生，希望众人知道——这是神的儿子在弥留之际所说的。

认识和体验真理。真正的生活，真实的、充满意义的生活，也是经历时间的生活，是由价值照亮的时间。这种价值不会被任何人、任何事毁掉，也不会被沙漏里沙子的流动改变，当沙漏看起来空了，把它调转过来，它又会被充满。永远，是活着还是死亡？沙漏的玻璃会被点亮，被灯光染上色彩，沙漏里的沙子满了，那是有些偏红的金色，当沙漏空了，会是一种浅黄色。诺丽那双永恒眼睛里清澈的光，那道永远不会老去的目光。短暂的生命，永恒的生命；那个生活在格拉多海滩和小岛上的老诗人[①]写道：我们偶然的生命会给永恒的上帝染

① 指意大利抒情诗人比亚乔·马林（Biagio Marin，1891—1986）。

上颜色。光波的长度，数字和分数成为了大海的蔚蓝、夜晚的紫红，还有诺丽眼睛里的色彩。黯淡的种子在地下死去，麦穗的金黄在风中起伏，菩提树永恒的树叶，距离贝拿勒斯[①]和恒河不远，在那棵菩提树下，一个乞丐王子揭穿了死亡和恐惧和痛苦。他对自己的弟子说，在落下的叶子里有温暖过它的太阳，有通过雨点滋润过它的云朵，还有滋养过它的土地；叶子死去，它会把收到的东西还回去，这些组成了它的元素会继续存在。永远无常，是每样事物的永恒。

永远消散的，也会永远存在；花朵死于果实，因此花朵是果实，耶拿那位浮夸的天才教授这样写道，他展示出：最伟大的哲学家也可以是诗人。死去成为别的东西，那个魏玛诗人比他更像诗人，他作为臣子，建议公爵提高学者的俸禄，但要适度。死去成为真正的你，如果你不想成为一个不知名地方的过客，匆忙经过，而不

① Benares，印度东北部城市瓦腊纳西的旧称。

为人知。我园中粉色、白色和红色的夹竹桃，每年都会开出其他花朵——同样的花朵。对死亡的恐惧？在中世纪北欧传说中，老国王奥温并没有死，而是在埃吉尔那里复活。喝吧，老国王，生活会赋予你要的东西，是你自己喝干酒杯，再斟满。

这些话语——谁的，别人的，没人的——语言就像空气和四季，并不属于任何人。对于装着语言的脑子来说，这很混乱，太混乱了。整个宇宙放在一个核桃里，那么容易敲碎，只要放在桌子上，用点力气敲打一下就打开了。核桃仁成熟了，在核桃壳里，很娇嫩，也很有滋味。核桃壳下，亦为教诲。我现在也终于有些明白了“双胞胎悖论”，一个年轻，另一个年老——那个生活在半山腰公寓的要老一些。诺丽比同龄人年轻，那些人没有像她一样生活在海边，大海在她的灵魂里。可能她并不知道，那些海里的生物，当它们在海里，不会想起大海，像身处其境的每个人。她的岁月是她捧在手上的花朵，是大海的罂粟花。我觉得，她的眼睛——我看不清颜色，但我知道它们是浅色的，非常明亮。无论如何，她都在那里，在那道光下面，那是大海尽头的浅蓝。从马尔法可以看到，在远离海岸的地方，在白色浪花之后的蔚蓝，帕纳雷阿岛和斯特龙博利岛，黑色的斯特龙博利岛，它的沙滩也是黑色的，希腊语“glaukós”意思是蓝色，但按照后来一些作者的看法，这是一种会变深的天蓝色，是一种发黑的蔚蓝，但很明亮。在那道目光下的永恒生活，我在克雷姆斯也看到了，当我……

过去和未来的时间，只是一个点上唯一的时间……永远的现在时？我们可能参演了两场节目，一个是直线的，一个是圆形的，一道从头顶直直落下的光照亮我们，那是彭罗斯教授最喜欢的光束。很多年之前，在的里雅斯特，在“九月二十号”街上有一家电影院，在两个挨着的厅里，有两张巨大的银幕，中间只隔着几个台阶，让人可以走动，找到自己的位子。电影是同一部，设置两个银幕是为了满足观众的要求，因为人数太多了。如果你愿意的话，从两个厅的任何位子都可以看到两边的银幕，一个可以正眼看到，另一个要侧眼看。两个银幕的播放进度一样，但也没禁止岔开来放，比如一个银幕早半个小时开始，或另一个银幕晚半个小时。这样就可以同时看到不同时间里故事的进展，在一个银幕上，主角死了，但在另一个银幕上，他还在恋爱、斗争，他的故事在他死亡之后还有待开始或继续。

也许是这样，也许是类似的情况。照向无限的光束，那里没有时间顺序，也没有原因，那是不是时间之外的区域？当然了，我很清楚自己是普通时空中的一点，那些物理学家和宇宙学家可能会认为，那是一个可以忽视的点。但也许有一些数学家会拿起几何拓扑学的工具，进行严格测量。很难说一个点会不会意识到圆规正在绘制它，或一些线条正从它那里出发，更何况，共形场变化会操纵它，根本不会考虑太多。

可以说，从克雷姆斯的那个夜晚，还有罗马的那通电话开始，我被普通时空抛了出去。我到了时间之外，或正好相反。因为毫无疑问，这时我的时间是直线，就像我正在写字的笔，一枚射向尽头、不会回头的箭。这个无法逆转的散开过程，一种致命流失，就是写作和生活。

正如艺术和科学有保护神，乌剌尼亚[①]是认识星辰的缪斯，诺丽可能是平移——就像庞加莱对这些时间位移动力的命名——的缪斯。诺丽应该是一个更高等级的神灵，因为——在米拉马雷城堡公园的那个科学家也提出了训诫——庞加莱平移虽然很强大，但无法冲出普通时空，对于普通时空中的任何物体，需要无限时间和光速，才能到达无限光束。从克雷姆斯到罗马的那通电话，发生在我身上的事只用了几个月时间。在没有时间的区域，那道无限光束的传播，只能用于没有重量的物体。尽管我对自己还算矫健的身体比较满意，不能否认我具有重量。但也许我重新获得了重量，那道光束移动的是我的影子，过去、现在，诺丽从来都没有意识到我的存在……

---

① Urania，掌管天文学和占星术的缪斯。

颁 奖

晚宴快要结束了，过一会儿就到大家举杯、讲话、对获奖者表示祝贺的时候了。餐巾上已经开始有葡萄酒的污渍，蜡烛时不时会流下一滴热泪。服务员都很周到，会马上把脏盘子和刀叉换下，他们的手臂伸过来，又迅速退回去，像马刀一样快。但宴会到了这时候，那种精密的几何图案有些松懈了，有些动作开始卡住了，物品不再井然有序，有的落在后面，像一个散开的网，任凭惰性占上风，东西脱落消损。他看了一眼旁边桌上的盘子，那人正在高谈阔论，脸转向另一边，正说一桩趣闻。他看到盘底凝结的油脂，就在刚才，盘子里还是美味的肉酱。不知道那肉酱是在什么时候，从什么地方开始凝结的，有没有一个具体的点；从潮湿的领子到汗津津的领子之间，有没有一种连续性。

兰扎尼先生给他杯子里斟了一些酒，虽然他示意已经够了。“这是一款特别好喝的弗雷伊萨葡萄酒，附近产的，距离卡萨莱只有几公里远。法国红酒在世界上那么有名，比我们皮埃蒙特的酒更受欢迎，这只能说明我们不会推销，在战争，在贸易方面，我们还很初级，缺乏经验，还好在爱情方面……”塞拉很有礼貌地微笑着，用水汪汪的眼睛看着兰扎尼，那双曾经是天蓝色的眼睛现在看东西有些吃力，要看清楚兰扎尼黑色的直发、大鹰钩鼻、贪吃而傲慢的嘴，都要凝神去看。一段时间以来，他觉得自己没办法把目光固定在一个物体上，他看到的一切都好像是透明的，他的目光会穿透这些东西，迷失在远处，近视的视力好像消失在一片模糊的远方。

他再次对着兰扎尼微笑，那是一个忧伤的微笑，好像要对自己难以聚焦表示歉意，他清楚身旁坐的是一个重要人士。他明白，兰扎尼犀利而贪婪的目光，有意无意会流露出一些细节，虽然有时只是在微笑。那双眼睛有一丝醉意，在上菜的间隙，会因听到一些有趣的段子而发亮。那些菜品都很精致，体面大方，体现了兰扎尼对他们的慷慨招待，因为很难让这些文人赏脸。兰扎尼的集团公司，对于经常听到公司简称的人，那个名字像命运一样确凿。另外，兰扎尼拥有大部分股份的那份报纸，可以让一个政客失去席位，也能让一颗心灵失去对上帝的信仰。但不知道为什么，他对那些遣词造句的人怀有敬意，无论那些人写的文字是权威还是风淡云轻。那个奖金丰厚的文学奖是兰扎尼给青年小说家设立的，由一个无可指摘的评委团决定把奖颁发给谁。这奖金是一个老板给文人的小费，也是一个信徒的献礼。

那个获奖者读了小说的一章，按照惯例，其他作者也会朗读自己的小说或诗歌，向获奖者和主办方致敬，按照程序，会对举办颁奖仪式的城镇——卢镇和它高贵的传统，还有它的文化进行祝贺。最后会轮到塞拉发言，他是特邀嘉宾。塞拉在倾听，眼皮子低垂着。他看着窗外的大山被夜色吞没，山顶上残留着缕缕黄昏。他有间歇性耳鸣，很难听清楚他们朗诵的内容，那些诗句或小说，在他听来像低声呢喃。他出神地听着那些流水一样的声音，没去分辨那是谁的声音，到底在说什么。他喜欢有规律的日子，千篇一律地过去，不断消逝，就像他住的公寓的膳食，每天早上刮的胡子。过一会儿就轮到他发言了，怎么说呢，他是那晚的荣誉嘉宾，是展示给来宾的。

让他扮演“地方名流”的角色，真是有些滑稽。他不知道能否把这片土地称为“他的”，虽然他很爱这里，他可以用热爱这个词。他担任这个角色并没有感到格格不入，很长时间以来，他已经忘记那种格格不入的感觉了，他也不知道自己是怎么做到的。在这个世界上，你可以觉得自在，也可以不自在。他左手边上的烟灰缸，有时会有一个人伸过手来，在里面弹烟灰，烟灰缸并不是在错误的地方，也不是在正确的地方，它只是在那里，在他的左侧。

“我想问，您什么时候写作？我是说，您什么时候会真正写作？”兰扎尼的好奇心让他觉得有些不得体，那就好像问他喜欢几点钟、用什么姿态做爱一样。但他感觉，在这个问题里，兰扎尼是带着尊重，甚至是带着敬意的。他渴望了解别人写作的秘密，这在他看来是一项很神秘的活动，但塞拉一直觉得那很单调，而且具有偶然性，说起来让人忧伤。“说真的，从来没有。”兰扎尼大笑起来，拍了一下他的肩膀。“您真是有趣，我喜欢，您是个真正的作家，一眼就能看出来。”无论这话是不是真的，他有多少年没写作了？山谷无穷无尽，在山谷里，村庄像风筝一样，就像它的名字那么轻盈，这让他感到一阵迷失。在空洞的黑暗中，为了整理思绪，他在内心和头脑里仔细检阅了一下自己的处境。他居住的公寓房间：床、洗脸池、两三书架的书、桌子旁边的沙发、衣架、父母的照片、放在角落的雨伞。雨伞让他有安全感，他的手握住弯弯的把手，那么光滑结实，让他安心。

那个房间里是他仅有的、剩下的东西。其余的……

想着其他东西，这有些荒谬，很多其他东西，他是怎么失去的？他记得很清楚，有一点他很确信：那是一座带花园的房子，有凉爽的大阳台，位于摩尔瓦多一座小城郊外。他父亲在那儿有一家帽子厂，他读德语书籍，父亲晚上回家时，会跟他说起意大利。他们很早就离开意大利了，他没什么记忆。父亲会谈到阿斯蒂城红色的塔楼、蒙费拉托的山丘，还有把塔纳罗河河谷和波河河谷分开的山脉。他出生后，最开始的几年就生活在那座带花园的房子里。让他印象最深刻的是一个帮他们做家务的罗马尼亚农妇，夏天她光着脚，结实的脖子晒得黝黑，当她低下头把盘子放在桌子上时，罩衣下会露出一截后背。

接下来，事情急转直下，让他们难以掌控；战争爆发后，他们回到意大利，艰难地启动公司。他年纪轻轻就要接替过早衰老的父亲，支撑起一个家。种族法、动乱、新的战争、逃亡、黄色六芒星、父母。父亲死在病床上，母亲不知所终，成为种族灭绝灰烬中的尘土。他再次回到意大利，在一栋灰色大楼里度过了很多年，有很多要打的字，还有要盖章的文件，最后他到了卢镇那家膳宿公寓。他已经想不起他真是小时候离开这里，还是别人告诉他的。是的，他是写了几本书，也许因为他很谨慎，很晚才写出来。几年前，这些书有一定的名气和反响——他想这可能是因为战后犹太人的故事很受欢迎，让这些书的成功有一定的保障。

坐在旁边的兰扎尼谈起了他的聚餐和旅行，偶尔会亲切地提起塞拉从报纸上隐约知道的名字。里巴多教授是地方史专家，他简洁提到了安吉拉·瓦莱塞修女，她是火地岛第一位传教士，也出生于卢镇，还有作家塞拉。当塞拉起身朗读时，他带着怀念，想起了异乡的森林和河流，在大树深绿的树荫下追着划艇奔跑。他的故事讲述了一个男人年轻时在亚得里亚海一座小岛上当了集中营看守。三十年后他回到了那座岛上，和一个比他年轻得多的女人一起，他们刚刚结婚。三十年前，那男人曾是狱吏，他们夫妻俩一起散步，故事里有夏天的蝉鸣，蜥蜴在石块间爬来爬去，也描写了一个农妇老去的面孔，夏天的恐怖和魔法，也有夫妻之间很暴露的性爱。读到这里时，他有些尴尬，因为他意识到这些是他没有经历过的。

掌声很真诚，塞拉受宠若惊，也有一丝羞愧。“很棒，精彩!”兰扎尼大声说，“可惜很少有人知道。一定要做点什么，让大家都知道，绝对应该做宣传。当然，如果你待在这里这么多年，一直不出去……这个迷人的地方，很安静。我羡慕你，但……如果你要去一趟罗马，是巴黎更好，我知道该向谁打招呼。”窗外一阵风吹过来，灯火摇曳，在场的人脸上什么颜色都有，胸口滑过一道暗影，在保养得很好的鲜嫩肌肤上，留下片刻的阴影。“哦，我很乐意去，真的。都这么多年了……不过还是谢谢您，我不能出去，我这老胳膊老腿……”塞拉用拐杖轻轻敲了敲自己的腿，用开玩笑的语气说，“旅行对我来说太累了，坐火车……”

兰扎尼很谦卑地看着那根拐杖，他想起那些牧羊的国王，他不记得是在哪里读到的。“什么火车啊，您不用担心。我们坐飞机去，我派飞机接您，明白吗？我让我的飞机接您。”塞拉想起了卢镇的老塔楼，像旗帜一样矗立在镇子上空，还有那些傍晚的鸟儿，他很喜欢看它们绕着那座塔楼飞来飞去，飞向高空，再俯冲下来。它们在自己的时间里，绕着那座塔楼飞翔，或者高高飞起，俯冲下来，最后消失在深色的天空，这让他有一种归宿感。“非常感谢，您太客气了，是的，真是太好心了。”他说。他对自己的声音很不满意，他觉得语气太冷淡了，“但即使有飞机，对我来说也很困难。您知道，那些楼梯，转机，我……”

“总之，这样下去可不行。”兰扎尼用拳头拍打了一下桌子，他有些酒酣耳热，他不习惯因为这些小困难就放弃。“这简直是犯罪，您的书……如果您愿意，一定有办法的。但您也不要太为难人了，您希望怎么出去？坐雪橇、热气球和直升机吗？”旁边的笑声让塞拉很烦，但他看着兰扎尼有些臃肿但神采奕奕的脸庞，很高兴自己是主角。他觉得，那张大嘴上有一道几乎痛苦的褶皱。“直升机就可以了。”他尽可能用风趣的语气回答说，“但您想象一下，那么大动静，房东太太会怎么说……如果您认识她，您会知道，她属于那种很可怕的女人……”

“我很熟悉这种类型的女人，难道这种女人只有一个吗？要是只有一个就好了，每个可怜人的生活中都有……好吧，好吧，我们再说吧。不早了，我们回家睡觉吧。”兰扎尼犹豫了一下，好像在争取时间。他忽然问：“您喜欢吉诺·保利[①]的歌吗？”“我不是很熟悉，但大家都说他的歌很好听。”塞拉回答说，带着那种对世界漠不关心的语气。“我会送给您他的唱片，您听了就知道，特别棒！”“毫无疑问，谢谢，我会很乐意听的。”“您有 CD 播放器吗，或电唱机？”“没有，真遗憾。”他用温和的声音回答说，“但我可以借一台。”

---

① Gino Paoli（1934— ），意大利流行歌手。

兰扎尼看着他的眼睛，抬起头，向他伸出手。“再次感谢您光临，希望再见到您。有什么能帮到您的地方，尽管说……”塞拉握了握他的手，忽然感觉到一阵陌生的愧疚，他看了一眼周围。“要不要我顺道送您回去？”刚才一个念了作品的诗人问他。“很乐意，但不麻烦您了，我可以问他，我是说……”他用拐杖指了指正在离开的兰扎尼，同时恨自己那一刻想不起他的名字。“别客气，我顺路的，坐我的车吧。”

塞拉很艰难地钻进车子，半个小时后，他从车里更艰难地钻出来。公寓黑漆漆的，也很安静，只有门房的灯亮着。“很棒的夜晚，是不是？”“太美了，真的很棒。”他应该对好心送他回来的诗人说几句，评论一下他的作品。但能听懂的部分，他觉得很平庸，其余的他根本不知道在说什么。“我很喜欢您的诗歌，当然了，有一些很复杂的东西……这是我的问题，我老了。这些年我读书很少，我不太关注文学潮流、新流派……如果您把诗集发过来，我一定拜读一下，有几个意象很强烈，很新鲜……”

汽车重新启动，塞拉尝试了几次之后，终于把钥匙插进了锁孔，他打开了门。是的，是的，应该是新文学流派……好吧。这些流派也会过去，他自言自语着，慢慢走上了台阶。

外景日

罗桑德拉河谷

外景日，罗桑德拉河谷。在河岸上，小剧组正在为一个场景做准备，化妆师正在给演员补妆，那是两个年轻演员：一个男孩和一个女孩。是的，他们的年纪和我们当时差不多——我那时也这么年轻，老人坐在旁边的石头上想。他看着那些人忙忙碌碌，来回走动，听见他们不断叫喊。“你放的是 24 吧？”“不，你说的是 35。”“放 24，快点儿！”“24 放好了。”“开始，开始！”“机器！”“就位！”“第 19 场，第 2 次。”“开始！”在他所在位置的下面，靠近河边，那两位年轻演员做好了准备，重复刚才那一幕。他们要从陡峭的河滩往上走，女孩走在男孩前面一点，但老人的目光落在他们身后的河流上，小河在那里变宽了，在一块岩石上形成了一个小瀑布，水花白得像雪，下面是一汪清水，水潭底部泛着深绿色的光。

有多少次，他从那些岩石爬上来，有时她也会一起来。有一次是他们俩单独在一起——几乎是单独在一起，因为另外两个朋友还在下面，只能远远听见他们的声音。他倒是很想看看，那个男演员怎么扮演几十年前的他，但他尤其喜欢看那潭水波光潋滟的样子。人的眼睛——那是一个同事在一场很成功的讲座中说的——在看到一些意象时，能辨别出那些来自视网膜的影像是不是从一本写入记忆的书或一个片段里浮现出来的，那本书就放在他堆满书的书架上。当时她的眼睛是绿色的，不知道现在是什么样的。无论如何，她还生活在这世界的某个地方。导演告诉他，他曾试图联系那个女人，她也是四个学生中的幸存者。在那个遥远的年代，的里雅斯特还属于奥匈帝国，他们都是那所意大利语高中的学生。

一切理论都是灰色的，而生命之树常青，他对自己说。他回到家，坐在书房里，他在思索为什么这些不朽的诗句——他热爱的诗句，他在学生面前讲解过很多次的名句——现在让他有些不自在，让他感到不合时宜，让他觉得自己出现在错误的地方，出现在不该出现的地方。永远绿色的生命力，盛开的生命，并不在意其他生命凋谢或死去。大树根深叶茂，会侵占其他弱小树木的空间和阳光；大树树根会让土地裂开，让小灌木连根拔起，把石头挪开，有时会让道路断开。灰色的理论让人安心，即使是揭示了可怕的事实。森林的绿色变成手中光滑的纸张，让人翻阅时感受到愉悦，就像看到植物园里整齐的树木。精确的句子会整理和分析混乱的现实，“地震”这个词不会使房屋倒塌、城市崩溃，不像真实的地震那样。纸张会像活物一样老化，它们会起褶子，变得不平整，会裂开，就像我的皮肤，他想，他看着自己皱巴巴的手背。

他在剧本中重读了他在罗桑德拉河谷看到的场景，也就是在河流和岩石间拍摄的镜头。开始！导演的声音让他想起了第一次世界大战中战壕里的军官喊出的命令。“几个年轻人开始向上爬，比第一次慢。镜头随着男孩的目光看向岩石，然后是一丛红叶的特写，又回到女孩身上。她在一块湿漉漉的大石头上滑倒了，发出一声叫喊，向后倒去，男孩一把抓住她的胳膊，扶住了她，他的手顺势滑到了她的腰部，把她紧紧抱住，同时用一个暗示性的动作，把脸凑到她的颈间。女孩转过头来，用默许和喜悦的眼神望着他，嘴唇半闭着。”在河滩那些石头间，他马上告诉导演：“不，当时不是这样。说实在的，这样的举动我根本想也不会想到，我那时不可能对一个女孩做出这么亲密的举动。说实在的，我倒是希望能发生这样的事情，但当时那个年代……事情不是这样，习俗不是这样的……至少没那么快……更何况是那种狡黠的目光！那是个好女孩，一个高中女生，她可能会打他一巴掌，或作势要打他一巴掌。不，当时绝对不是这样。您想想，在学校里，当时大家都很客气，以‘您’相称，更何况在一个女孩面前！我不是说这样才对，或者更好，只是……您要我说那时是什么样子……我明白，这是为了避免年代错误，避免出现那个年代难以想象、不着调的行为……现在拍成这样，这是当代罗马女孩的做法，不是二十世纪初的里雅斯特女孩的样子……”“是呀，是啊。”导演连忙回答，“我们可不想像《大西庇阿》里那样，让罗马军团的士兵戴着手表。”

他并没太注意导演的态度，而是看着那个年轻女演员的眼神。他们拍完那个镜头后走了过来，她眼里有一丝嘲讽，但也许这是他的错觉，那可能是一种温柔、好奇的目光。那双绿色的大眼睛，就像她那时的眼睛，一种浅色，不，是更明亮一点的绿色。那次在罗桑德拉河谷，她是什么样子的？这是导演想知道的事情，他想营造那个年代的氛围，一个遥远的年代。那一代人的真实态度，不仅仅是时代问题，还是一种生活方式，那是第一次世界大战和战后的混乱抹去的生活态度，就像“大洪水”之前的世界。他经历了那场世界性大洪水，那条残破的方舟把他带到陆地上，大地变成了一片血海，留下了无数尸体。喀斯特高原、凡尔登、利沃夫都成了人民的坟墓。无数人死去。为什么我没有死？他经常在想这个问题，他很高兴自己能在喀斯特高原上那场大屠杀中幸存。但他不清楚，现在和他同名的这个男人到底是谁。他在想，回来的人是不是真是原先那个人。在那三年的战斗中，他用的是另一个名字——一个假名字，他用假名字参加了意大利志愿军。因为万一他被抓起来成为俘虏，凭着他先是奥地利公民，而后又成为的里雅斯特人，也就是说，一个叛徒，一个逃兵，他注定要被绞死。也许这两个人都没有真正回来：那个获得银奖章的光荣士兵，还有那个想成为士兵的学生、领土收复主义者。无论如何，他是两人中的任何一个，他没认出方舟放下他的地方，他被丢在那里，就像大鱼把约拿吐在了海滩上。

“当时是什么样的？”导演在那家小旅馆问他。旅馆位于河上一座桥附近，就在那个小瀑布的激流下面一点。但如果那个时代已经没有了，如果它已不存在，还能说它是什么、是怎么样的吗？在旁边教室上哲学课的同事会说，不存在就是没有过。那我呢？尽管如此……他在家里看了剧本，他手上拿着一支铅笔，在剧本边缘标出有问题的地方。当然了，他习惯于阅读其他类型的文字。他之前写了一本关于《浮士德博士》的评论，那是关于托马斯·曼这部小说最初的研究论文。托马斯·曼还特意写了一封信给他，对他表示赞许。他是布拉格查理大学的学生，伟大学者奥古斯特·绍尔在那里教过书，那是第一次世界大战之前的德国文学大师。大学毕业后，他成了歌德和里尔克研究专家，他可能不是电影剧本的理想读者，剧本里有很多庸常的对话，还有一些干巴巴的环境和效果描写。但他知道，那棵漆树的树冠，那富有激情的红叶，在剧本里看起来那么普通，但在银幕上会变得鲜活起来，在风中摇曳。树叶短暂的生命有一种深不可测的强度，这是任何语言——包括托马斯·曼高超的语言——也无法揭示的秘密。

他翻看了一下剧本。那个维也纳女人手里拿着香烟，风吹乱了她的头发，她脱掉鞋子的脚，她头上的雪花，她就是那阵风，她把落在胸前和脖子里的雪球抖落。他们在朝她叫喊：“奥地利，去死吧！”又说了其他贬低女人的话，他们想装出男子汉的样子……

他饶有兴趣地看了那个剧本，有几个段落触动了他。他在想那是不是他的故事，是不是他们的故事。如果是他们四个人的故事，那也是他的故事。他们真实的故事——真实吗？——很遥远，要比现在写在纸上、准备拍成电影的故事更混乱。一层层时光夹在他和他的故事、他们的故事之间；假如有原版，那也是一个越来越模糊的副本。同一个故事，不！不是同一个故事。有些情节不太明确，又有些段落过于专横；有一些片段难以卒读，还有一些很清楚。他脑子里的其他语言，其他事和他正在看的文字重合起来，故事差别不是很大，几乎是一样的，但那不是一回事，让人痛苦的其他故事。第一次世界大战爆发前不久，在哈布斯堡王朝统治的的里雅斯特，那一年，他们四个人一起去了罗桑德拉河谷，那个维也纳女孩也在。他甩开了其他两个人，但后来他什么也没做。总之，几乎什么都没有发生。是啊，那时候习俗不一样……过了几年，战争爆发了。在喀斯特高原上的战壕里，为了攻占一个高地，他们牺牲了一百个人。两天之后，又牺牲了一百个人，重新占领那座高地。他的战友因很多同伴死去失去了理智。他带着五个士兵来到敌人在岩石中挖的掩体，那里只剩一个奥地利指挥官，他们开始发动袭击时是一百零七个人。几个手下要用刺刀杀死最后那个幸存者，他那时是中尉，他不得不拿出手枪来，阻止士兵动手。在战争结束之后，他和那位奥地利指挥官见了面，他获得了银勋章，那个奥地利人还活着，他捡了一条命，这比获得勋章更有价值。更何况他从来都不愿佩戴那枚勋章，周围全是法西斯，他们都在玷污意大利和它的声誉。他的敌人对他说："我捡了一条命。"那个奥地利人是从格拉茨城来的，谁知道他后来是什么下场，一切是不是已经结束了。

是的，第一次世界大战是一层厚重的帆布，把他和那时的事隔开。这层帆布不仅仅是把那时发生的事情隔开，也把他和自己隔开。那些年，他觉得未来可期，他们梦想一个和平的未来。他们要和那些出生在同一片土地、面朝同一片大海的斯拉夫人团结起来，那是“我们的海”，亚得里亚海。我们要和其他民族一起创造一个自由和平的欧洲。为了这个梦想，他们决心牺牲自己以及其他上百万人的生命。在这烈焰之上，大家像高贵的国王一样勇敢赴死。一个失败的国王，我们的海，亚得里亚海，海浪比之前更汹涌，愤怒的波浪、浪花滔天的大海。

“您知道，为什么我儿子叫亚当吗？”那个奥地利人问他，就是他从愤怒的士兵手下救出来的那个奥地利人，“我从格拉茨出发去前线时，我妻子已经怀孕了。我对她说，如果是男孩，就叫亚当，因为那会是历史上最后一场战争，经过这场战争，会产生一个新的伊甸园，一个新亚当，一个新人，所有人都是好兄弟。”我们当时也相信这一点，老人想。一个新亚当，说得倒好，举国使用蓖麻油的意大利、希特勒、奥斯威辛集中营、的里雅斯特圣安息日米厂集中营——意大利唯一的焚尸炉。人间到处都是把人引入歧途的毒蛇，在新伊甸园——喀斯特高原、西班牙加利西亚和法国索姆省，是被血浸染的人间天堂。后来发生了更可怕的事，他是见证人，他是研究《浮士德博士》的著名学者，他见过很多有说服力的魔鬼：粗鲁的、迷惑人的，或是衣冠楚楚的，他们迷惑别人，也自我迷惑。众多被下了药的耗子，黑压压一片，听着吹笛人的调子，一起走向屠宰场，在路上，也会屠杀遇到的一切。

事情不像大家期望的那样，在战争的废墟中，没产生任何真正的新生，没有任何自由领土给自由的人——老浮士德的这番话，他用强调的语气跟学生说了很多次，这些话一直让他很激动。他在高中课桌前看到这些句子时，很受震撼。那个老人受骗后变年轻，又重新变成老人，这是他得出的结论。魔鬼会在内心拒绝任何人，这并不奇怪。但他觉得，说服所有人说“遵命”，对任何事都带着热情说“遵命”，这很有意思。士兵一边行军，一边欢快地唱着歌，他们走向尸体堆。一个营的士兵全部牺牲，另一个营的士兵正在赶到。他们一边唱歌，一边说“遵命”……他们对沃罗诺夫医生的疗法说“是”。你老了，会变年轻，又再次变老。你的自由领土解放出来了，从谁手里、从什么东西中解放出来，这无关紧要。除此之外，只能看到很少的自由人，却有很多奴隶和看守，有的奴隶摆脱锁链，成为看守。是呀，从大海手中夺取土地，通过诗歌虚构返老还童的故事，老人重新变得睿智。如果一对年老的夫妇不想做出让步，他们想继续住在一座小房子里，过他们幸福的日子。如何推行宏伟计划，这就要靠那些擅长吹嘘的人，有权力的人总会找到方案。菜园子里的一块土地，试图阻止周围一大片土地成为未来的摩天大楼、大工厂、电视塔。一小块土地，两个老人的小木屋能指望自己阻止未来吗？很快就会有流血事件发生，血迹很快就干了，挥发掉了。如果通过刀剑和炸弹实现不了——就像我年轻时在战壕里那样，那些口若悬河的人会拿出一卷卷的纸，纸要比刀剑更锋利——纸划伤人的次数比刀还多——解放的土地被大海掩埋，很快被瓜分。树木和森林倒地，大家一起受欺骗。所有人都很幸福。

是的，我同意，糟糕的事在后头。那些前所未有、难以名状的恐惧，但至少屠杀和死去很有意义，是为了不让整个世界变成奥斯威辛集中营。但是，我们和他们，在喀斯特高原上，在凡尔登，在波兰马祖里湖区，我们所有人都一样，都是好人，都充满正义，打仗都是为了所有人的利益。恶产生于善，说谎是出于对真理的爱。当他明白这一点时，他整个人都空了，像一具空空的、站不住的躯壳。未来像断头台上的铡刀、演出结束后放下的幕布一样落下，他们四个人站在那块幕布后面，在空荡荡的舞台上——不，其实只有他们三个男孩，她已经从幕布的褶皱间溜走了，她混迹于人群，也许现在还继续隐身于众人之中。是的，拥挤的人群，天气很热，全是汗味儿。是呀，热闹的生活，但我们三个消失了，在空荡荡的舞台上找不到我们的身影。也没有我们的面具，演出道具放在剧院仓库里，他和其他两个已经不在人世的朋友，没太大差别。

在战争结束几年后，他们三个朋友中有一个也获得了奖章，一枚金奖章，但不久后，他也把自己的奖章放在了抽屉里，因为“黑衫军”把意大利三色旗染成了黑色。他从战前的水池里打捞出他们的故事，他们四个成了一本成功小说中的人物。这是他和自己之间的另一层隔阂，他在文字中读到那个故事，就仿佛有一道屏风或障碍放置于他与他的生命之间。这当然不是写出这个故事的朋友的错，他是三个人中最优秀的。小说很美，很有力，但当他阅读和欣赏这本小说时，觉得那些文字在某种程度上抽取了他的生命，那是一幅漂亮的肖像，后面隐藏着另一副面孔。

现在导演拍摄电影，扮演他的人是覆盖他和他们的生命的另一铲土。他们的面孔，不，其他人的面孔和声音。他在想，另外两个人会怎么想、怎么说呢？他们俩如果还在世，那个把自己和别人的生活写出来的作家，还有第三个同伴——他为了那个女孩开枪自杀，但在差不多六十年之后，他才死在了自己的床上，他们会有什么感想？那个自杀未遂的同伴，后来成了一个伟大的翻译家——德国文学翻译，要搞清楚：翻译是另一种写作，是对于真相的追求。但发现的事实总是有细微差别，在必要时会造假，真相总是有一点谎言掺在里头。那一声枪响，不知道在电影里会有什么样的回声。不，那两个朋友已经消失很久了，他们一定不乐意出现在电影拍摄现场，不愿意在银幕上看见自己和其他人的面孔和举动。但他很乐意，也很好奇，他觉着这种分裂让他振奋，尽管在内心深处也有虚荣的一面，虽然他不清楚到底有什么可以炫耀的。他不是一个耽于怀念的老式教师，他觉得，在九个缪斯后再加一个也没问题。他要和那个扮演他青春时代的男演员见面，并没有感到不安。那是一个很普通的青年，对他那个年代一无所知，也不太明白他要扮演的故事。但他自己当年懂的其实也不是很多，假如他有机会遇到那时的自己，他也会像其他读者一样，觉得那是一个轻率的陌生人。无论如何……

不，那不是长得像他的人，那是另一个人。其实两个人都不是他自己：一个是油印纸上剧本描写的人，另一个是在电影那组镜头里看到的人。导演给他看了几组镜头，很难在短短的片段中看出什么。无论如何，他待在自家的书房里，坐在沙发上，他不是剧本中的那个人，也不是电影中的人，也不像罗马的那个男演员。他觉得，那个小伙子演得一点儿也不像，他不是克拉克·盖博，演不像那个已经无法捕捉的人物，那是曾经的他，但现在已经不是了。假如有人告诉他，那个不负责任的年轻人——那个毁掉格蕾辛的年轻人是根据他加工出来的，老浮士德也会觉得震惊。男演员重复了好几次那个场景，女演员明显要更入戏一些，对他有些不满……但最终来说，当时的情景也差不多是这样……三个青涩的男生，脑子里全是书本和不着边际的幻想，还有一个女人……不知道她到底是怎么想的，有什么感受……是的，他能意识到自己那时的笨拙。如果为了获得心理安慰，去改正那种笨拙，那看起来就很虚假了。也许像这个男孩子，可能也会获得她的欢心。不知道那一次……但是我……

她不想和导演见面。他们上完高中，她去了维也纳和柏林学习，后来成了一名心理学家——儿童心理学家。在毁掉整个欧洲及那所高中的那几十年里，她在很多国家工作过。但在和导演通话时，电话里她声音客气，但很明确、坚定不移。"我记得所有事情，记得那时的一切，但我很不愿意回忆，也不想再提了。"

她八十多岁了，没有任何遗憾，没有任何怀念或对过去时光的追忆之情；没有任何回忆往事时的感动和释然。导演很失望，也对她表达了这种失望。但这种拒绝让他觉得很有意思，他想——他是这样说的：一部和的里雅斯特有关的电影，也许能讲述过去那种辛酸的、有始无终的生活。事情不可能会被磨平，伤口不可能愈合，要把正在流逝、残酷而混乱的时间，变成一种有序的、已经逝去的时间。一切都还是当下，开放的，虽然年老，但还没收场。

的里雅斯特的时间不是连续的，而是并列在一起，就像大海把落难的人送到海滩上。导演说，时间一个挨一个，他一定看了乔伊斯；时间像空间一样，发生过的一件件事情堆积起来，像历史的百货商店，或者——他用行话补充说——那是电影胶片的堆积，不同历史阶段的故事，在不同时期拍摄出来，一个挨着一个放在一起，可以进行剪辑，混在一起。

导演来了他家里，想听他说说对那段时间的回忆，然后离开了。他也想出门，他不喜欢长时间待在家里，他拿着那本小说——那是一个老版本——还有印着剧本的那几页纸去了咖啡馆。在咖啡馆里，时间更凝固，不同的凝块比邻而处，在那些桌子间移动，从一个时代出来，进入另一个时代。在外面的大海上，风卷走了乌云，让水面泛起波纹，浪花一道接一道向前追赶着。在明净的地平线上，是遥远北方的天光，生命的通透，枉然的承诺。在咖啡馆里，你不会看到那种光，那抹去一切的地平线，也不会有风吹来。在咖啡馆阅读很惬意，在室外不可能读书，不仅仅因为风会把书页吹乱。

他手头的那本书是重新装订过的，书里一行行文字太过密集，没法过滤时间河流浑浊的水，水流过时，淤泥会沉积在滤网下面。剧本是油印的，破破烂烂的，上面字大行稀，中间有很多空白。岁月从留白的地方流淌出来，并不是很规则，一年一年，累积到一定的厚度，让人看不透。

在下面，在那个空间，在被照亮的白纸下面，那些演员在走动，在等待时间，等待将要到来的生活。学校生活快要结束了，生活会到来，不仅仅是每个人的生活，而是所有人的生活。不仅仅是他和几个同伴对那女孩共同的爱，而是一些更宏大的事，对未来的梦想，一种伟大的精神生活会绽开，像喀斯特高原石缝间盛开的龙胆花，会在他们那座商业繁荣、多民族共处的爱国的城市开放。从某种程度上来说，他们梦想的生活实现了，就像写着他们名字的文学史——尽管那也只是在纸上，可以揉成一团扔到废纸篓里，他心里明白。大家要注意卫生，但那个年轻演员会随地扔烟头。我的天，不……

他们一起阅读并讨论过的几个大师都提到过“绿色的生命”，他们的尼采、易卜生还有其他先知在纸上呈现他们的日子、他们的生命。他们蜕下灵魂的外皮，想要找到心灵。在中心，那最后一张皮，需要蜕下来扔掉，但在那层外皮之下什么也没有。很多人都宣称文明终结，之后不会有新的开始。至少对于我，对于我们。让人焦虑不安、日薄西山的现实，也是我们的现实，期望真正的生活是狂妄自大的。是的，那条滨海路地势很高，在西斯提亚娜之后，会忽然变得开阔……承诺很迷人，但不会得到兑现，我们至死才会醒悟。难不成随便一部什么电影就能让人明白？

他们的生命被卡在了那个时候，就像正在放一部电影，忽然卡住了。银幕上的影像停了下来，僵硬的微笑浮现在美丽的嘴唇上，目光也冻结了。他一遍遍看着剧本，觉得只有她好像在另一个时空活动。只有她——那个终究会离开的外国女孩，她去了维也纳、米兰、柏林或其他什么地方，只有她有未来。事后想想，他们三个男孩子，他们的生命被等待所消耗，他们为投身于生活做准备，但在生活来临之前，他们的生命就已经消耗完了。晨曦的红色，不，那是晚霞。请你们原谅我，夜晚来临，请你们原谅我们。以前那个青年——他、我停留在一部中断的电影里——没完成播放，卡在了最后一页，或最后一帧画面上，就好像在一场噩梦里，人躺在地上，想动却动不了。她呢？……说到底，他一点也不嫉妒那个女孩。离开和逃走可能还不够，她那自由丰富的命运，不一定比他们三个写在纸上的命运更幸福。纸可以折起来，在里面藏身，书里的折页可能太小了，难以躲藏，但摸起来很舒服，折过之后皱巴巴的。无论如何，待在咖啡馆里比待在历史里要好。

他不喜欢生活在虚构中。在剧本里，没有的里雅斯特，没有任何城市背景和全景拍摄，只有一些屋顶的局部，一座新古典主义雕像衬托的天空，还有一个脑袋特写后的一片海，在一个新艺术风格的大门内部。导演解释说，这是因为缺钱，电视台不是“派拉蒙”。让汽车禁行，让街道呈现第一次世界大战前的样子，需要大笔的钱。导演只能想办法拍摄一些角落，让人回想起或隐约看到那些年的的里雅斯特。拍摄效果很好，城市显得很漂亮，那是一座不存在的城市，他很高兴生活在其中。渐隐——这是电影教给他的，一个很理想的结局，渐隐，他鼓起勇气给导演建议说。我们的生活、我的生活渐隐。

他也很喜欢看拍摄现场，再看看剪辑前的镜头。总之，电影也是谎言，为什么要把那些本应毫无次序、无法整理的东西，按顺序整理了出来呢？年月、分钟、故事、雨点、四散的浪花、光滑的皮肤和有了皱纹的皮肤。写在纸上或让演员扮演出来，这没什么分别。他喜欢看这些，但这还不够。是的，他喜欢看那双绿色的眼睛、鼓起的胸脯——她们俩的眼睛和胸脯，虽然她们一个对另一个一无所知，女演员只知道自己在扮演一个角色。是的，他很乐意欣赏那部电影，看它制作好的样子：画面、色彩。但只是看看，只是看到，还有点不够，他想触摸，想闻到气息，想用手感觉……那时，她是什么味道？他们在岩石上攀爬，出了汗，她的脖子靠近我的脸……我不知道，我不记得了，气味持续的时间很短。玛格妲——那个女演员，在罗桑德拉河谷的河滩上，他感到一丝气息迎面扑来……他知道这是不可能的事儿，他没有关于气味的记忆，这只是一个老人的胡思乱想。虽然年事已高，为什么要感到羞涩呢？是啊，几个孙子会找到那些照片……还有抽屉里的诗歌。这没什么错，他们也已经长大了，懂事了。那些诗歌只能让当年的高中老师震惊，现在的孩子一定会写得更过火。我不知道几个孙子会怎样，但是……那些诗歌……有些糟糕，我知道。尽管……包括那些照片，从根本上来说……无论如何，他们都不会知道。他们不应该知道一个离开的人所有的一切……银幕没有气味，这样最好。尤其是那些镜头，她出现在男孩旁边，那男孩应该是当年的我。坦白来说，我当年要好得多。但他会采取行动，在那些岩石上，他上上下下，搂住了玛格姮的腰……

电影拍摄完了，他想，真是太快了。“拍电影每天都要花好多钱。”导演对他说。一个剧组，包括那些只露面、没一句台词的人，也只能请一个星期，因此要一切从简。一切从简，在任何情况下都是最好的方案。但他想在银幕上看到那天拍摄的场景，那是几个月前在冬天拍摄的场景。在喀斯特高原的贝尔切杜小湖上，那天刮北风，天气极冷，午后是蓝天白云，那天晚上就像几十年之前的夜晚。她穿着红毛衣，在冰上滑来滑去，她轻轻碰到了水池旁松树的树枝。她在结冰的湖上滑来滑去，时不时会拉一下他们三个中的一个，躲过他们的手指。对于他们来说，她已经那么难以捕捉，他们笨手笨脚，在光滑的冰面上前行。她是那么近，又是那么远。跳舞，如果真会跳舞该是多棒的一件事儿啊！天色越来越暗了，松树深绿色的枝条伸向那片结冰的湖，她纤细的深红色身影就在那里，夜晚的雪是天蓝色的，越来越深。从冰冷的土地上升起一丝雾气，积雪从树枝上落下，落入夜晚。是的，如果他会滑冰就好了，在那片蓝色的冰上跳舞，现在他更希望自己当时会跳舞，跟她在那片冰上共舞，然后接吻。他请那个女演员到一家小饭馆里喝一杯热红酒，暖和一下。他问，你们在拍爱情片时，会真的接吻吗？“你们俩那次真的接吻了吗？”女演员反问他。他并不努力回想，因为一切都那么模糊而混乱，就像夜色中泛着蓝色的雪花，而是想着怎么回答这个问题。“这不是问题，无论是演戏还是别的地方。”她回答说，然后轻轻吻了他的嘴唇，只是嘴唇。不……但终究……

Claudio Magris
TEMPO CURVO A KREMS

图字:09－2020－575 号

图书在版编目(CIP)数据

克雷姆斯的弯曲时间/(意)克劳迪奥·马格里斯著;陈英译. —上海:上海译文出版社,2023.7(2025.5 重印)
ISBN 978－7－5327－9212－2

Ⅰ.①克… Ⅱ.①克…②陈… Ⅲ.①短篇小说—小说集—意大利—现代 Ⅳ.①I546.45

中国国家版本馆 CIP 数据核字(2023)第 110210 号

克雷姆斯的弯曲时间 Tempo curvo a Krems	Claudio Magris 克劳迪奥·马格里斯 著 陈英 译	出版统筹 赵武平 责任编辑 李月敏 装帧设计 柴昊洲

上海译文出版社有限公司出版、发行
网址:www.yiwen.com.cn
201101 上海市闵行区号景路 159 弄 B 座
上海盛通时代印刷有限公司印刷

开本 787×1092 1/32 印张 3.5 插页 5 字数 35,000
2023 年 8 月第 1 版 2025 年 5 月第 2 次印刷

ISBN 978－7－5327－9212－2
定价:52.00 元